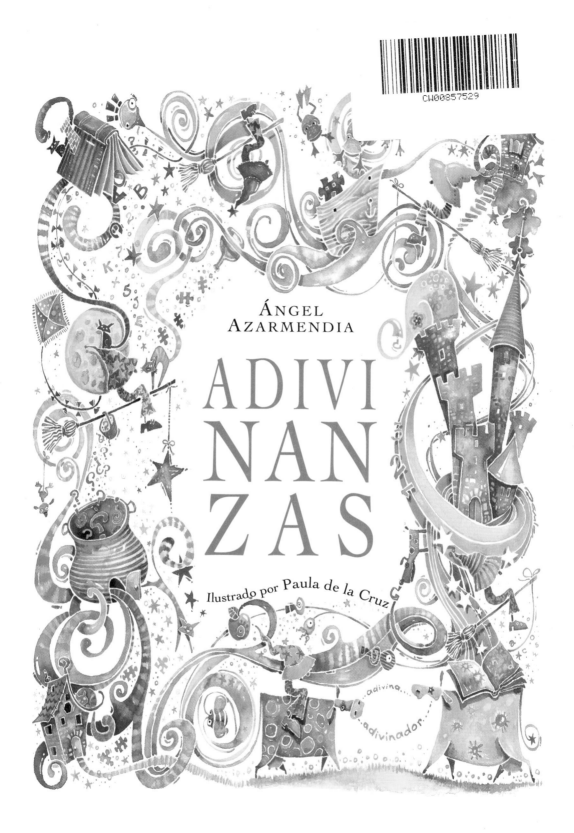

ÁNGEL
AZARMENDIA

ADIVI
NAN
ZAS

Ilustrado por Paula de la Cruz

EDITORIAL ATLANTIDA

EDITORA
Silvia Portorrico

DISEÑO DE TAPA E INTERIOR
Natalia Marano

CORRECCIÓN
Cristina Meliante

PRODUCCIÓN INDUSTRIAL
Sergio Valdecantos

PREIMPRESIÓN
Masterpress

I.S.B.N. 950-08-2995-9

En sólo cuatro renglones
me tendrás que adivinar,
y si no puedes, entonces,
debes volver a intentar.

¿Qué es?
LA ADIVINANZA

BUSCA EL NOMBRE DE RICAS FRUTAS ESCONDIDO EN LAS PALABRAS

❶

Si a cualquiera manda Rina
para que pruebe esta fruta,
dale el nombre de la misma,
que la coma y no discuta.

❷

Sonarán jarras bien llenas
porque vamos a brindar,
con el jugo de esta fruta
cuyo nombre acertarás.

❸

—¡Es la calle de la bruja,
por aquí no tomaremos!
Pues te obliga a comer frutas
más amargas que un pomelo.

❹

La señorita Frambuesa
es fina como una flor,
pero damas como éstas,
tienen más rico sabor.

❺

Para hacer esta mermelada
y realzar su sabor,
usa anís, pero también
vainilla y clavo de olor.

❻

Igualaban a Narciso
los monos frente al espejo,
mientras comían la fruta
que está escondida en el verso.

Si a cualquiera manda Rin

ADIVINA ¿QUÉ ANIMALES SE ESCONDEN AQUÍ?

7

Con motor tu ganarías
las carreras velozmente,
como no tienes ninguno
caminas muy lentamente.

8

Para jugar zambulle
pata, pico y plumas blancas.
En su hogar no usa zapatos.
¡Busca el nombre en dos palabras!

9

La pobre raya carece
de mayor habilidad,
por eso la caza al diente
quien te acabo de nombrar.

Se mojaba libremente
a la orilla del arroyo.
Te lo nombré, pues se esconde,
revolcándose en el lodo.

Dele fantasía estaba
y la mamá la retó.
Ella puso mucha trompa,
¿Sabes tú quién se enojó?

Un rato no lo soporto.
Maratón corro tras él.
Con dos veces que lo nombro
ya lo tienes que saber.

13

Siempre leo, noblemente,
que le honra ser un rey.
Te lo dije claramente.
¿Lo repito otra vez?

14

A mi papá lo marea
subir a un avión y viajar.
Pero esta avecita vuela
todo el día sin parar.

15

Con la cara colorada,
de tanto tomar el sol,
quiso descansar un rato
y en su casa se metió.

16

¡Ay, de ti, Gregorio mío!
Y ni mires para atrás.
No te muevas que te ataca,
quien te acabo de nombrar.

17

No sabe jamás si el vuelo
en tiempo lento será.
Más yo con pan, al instante,
como el dorado manjar.

18

Le colocaba lloroso
—pues se había lastimado—
una herradura a Pingoso.
¿Me dices de quién hablamos?

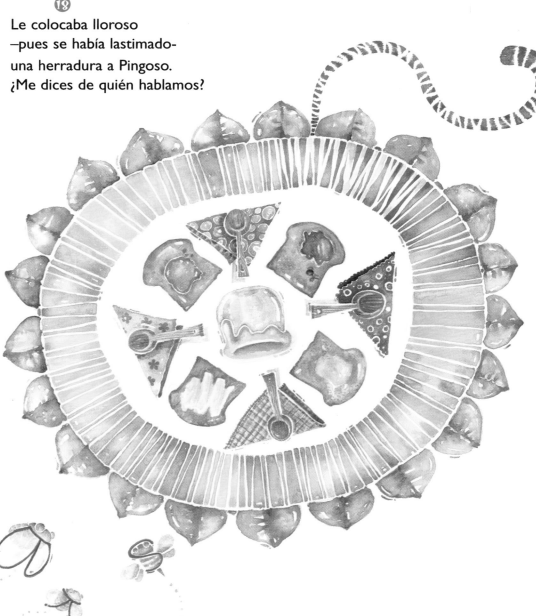

¿Qué letras son?

19

Voy a la popa del barco,
en coche y avión sé andar,
pero no estoy en el aire,
ni en la tierra, ni en el mar.

20

Aunque digan que soy muda
no me van a hacer callar,
porque inicio con orgullo
el honor, la honestidad.

21

Ella es como un anzuelo
y la primera en jugar.
Se repite en los jujeños.
Adivina ¿cuál será?

22

Ocupa en el diccionario
una hoja nada más.
Y si la pintas con laca
seguro que la nombrás.

23

Un ganchito para un lado,
un ganchito para el otro.
Uno arriba y otro abajo,
en plural transforma todo.

24

Aunque es corta
siempre inicia
la victoria
y la verdad.

25

Dos brazos altos al cielo
como algún gol que gritás,
y un cuerpo recto hacia el suelo
¿La podés adivinar?

26

Mi mamá me mima.
Son tres montañitas
que están repetidas.

La paloma dice cucurrucucú.
La vaca contesta pensativa muuúuuuuu.
El tren les avisa que pasa iúuuuuuuuu.
¿Qué letra usarías de imitarlos tú?

Ella inicia el infinito,
está en el medio del fin.
Es el centro en cada grito
y el final de todo sí.

Está al comenzar la noche
y al terminar de la canción.
Empieza siempre lo nuevo
y acaba en el corazón.

Es una casita alpina.
Así empieza. Así termina.

31

A ella la ves seguro
cuando abril va a terminar
y allá por mitad de julio,
después no la ves jamás.

32

En el medio de la noche
soy una luna creciente.
En donde se inicia el cielo
estaré siempre presente.

33

Te lo digo y te lo digo
y te lo vuelvo a repetir
¿Qué te parece que soy?

34

Comienza con lo divino
y termina en hermandad,
desde el principio del día,
al fin de la oscuridad.

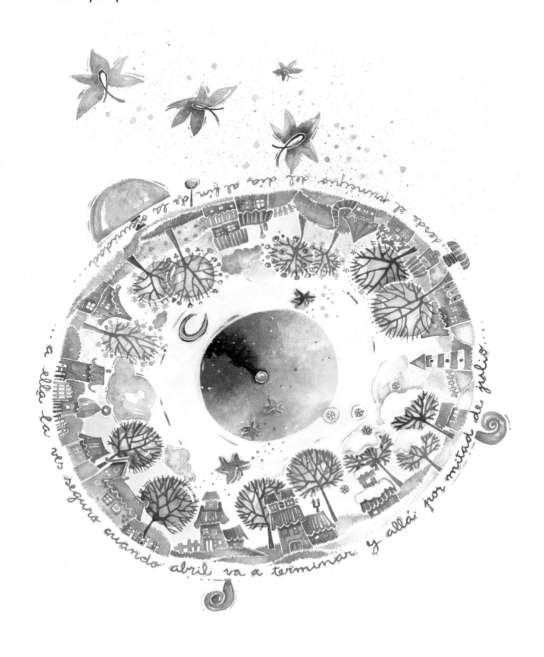

ADIVINA ¿QUÉ NOMBRES SE ESCONDEN ENTRE LAS PALABRAS?

35

Oculta el enamorado
el nombre de un gran amor.
¿Podrás desenmascararlo
buscando en otro renglón?

36

"Eso le da donaire"
—Le dijo a la niña bella
entre otras elegantes—
Adivina a cuál de ellas.

37

No traje sus ropas limpias
porque no las encontré.
Seguro las dio María
a los pobres, con José.

38

A la orilla del mar
tintinea un gran cencerro.
Y te acabo de nombrar
quién lo agita con los dedos.

...la niña bella...

...el enamorado...

DESCUBRE LOS NÚMEROS ESCONDIDOS

39

Una frente con techito.
Como arrodillado está.
Siempre indica una pareja
porque es número par.

40

Soy redondo como un globo
y a otros puedo agrandar,
aunque estando a la izquierda
nada tengo que contar.

41

Soy un 2, un 3 y un 4,
también otra cantidad.
Adivíname, que es claro
que soy un número par.

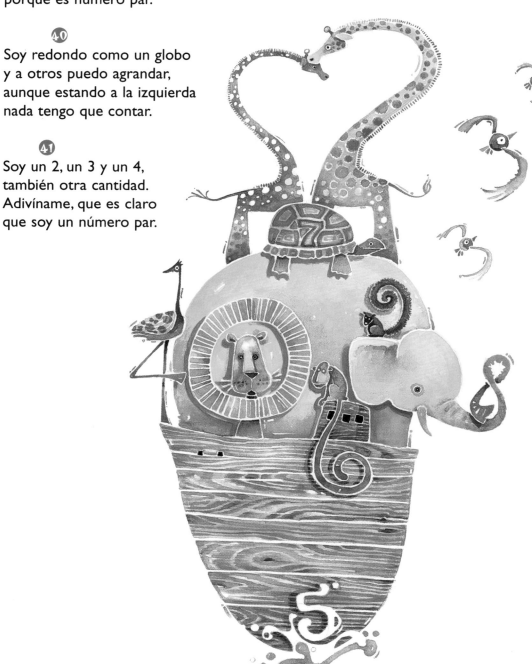

Adivinanzas de todas las cosas

Son muchos los que me esperan.
Otros, me quieren dar.
Me tienen de boca en boca
y acaricio al saludar.

No tiene límite alguno
y su destino es viajar.
Para ella es imposible
a la sombra descansar.

Todo el mundo debería
portarme continuamente,
ya verás que en tu carita,
si acertás, estoy presente.

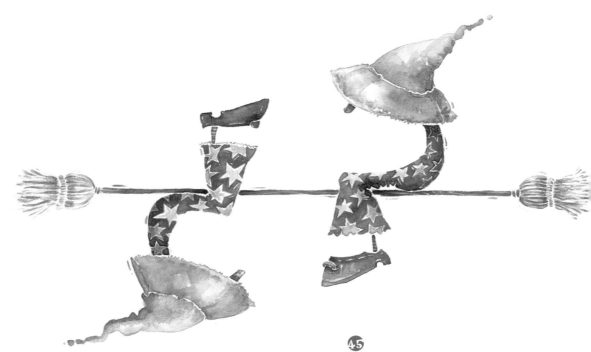

45

Me dibujan, me dibujan
de negro contra la luna.
Sólo vuelo, y si me empujan,
los barro como ninguna.

46

A veces perturbadora,
otras, llena de inocencia,
siempre estuve en el idioma
provocando una respuesta.

47

De plástico o hueso
madera o acero,
con dientes, sin boca,
me usas al pelo.

48

Izquierda o derecha
me da siempre igual,
sin ser mis esclavas
a mis pies están.

49

A este arco no hay gol
que lo pueda atravesar,
lo pintan de todos colores
lluvia, sol y nadie más.

50

En barquito y sombrero
en paloma y farol,
lo moldeas a mano
al blanco señor.

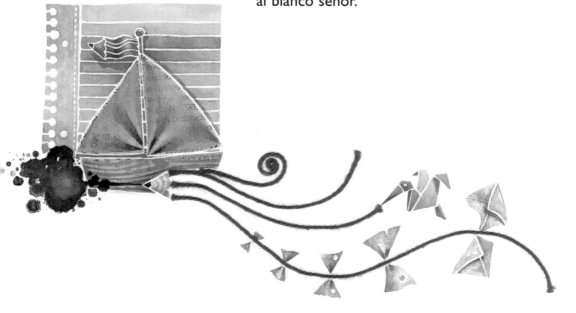

Siempre fueron muy opuestos...
tan fríos y tan distantes...
y aunque nunca se vieron
dicen que son semejantes.

Con la barba larga
que se deja crecer
se tapa los dientes,
no puede morder.

Es un negro que se estira
y se agranda más y más,
como tiene poco peso
por las nubes quedará.

Vestida de blanco
quiere figurar,
se consume toda
por iluminar.

55

Encerrada en una casa
que tiene mucha humedad,
vive como si nada
y no para de charlar.

56

Es un señor perezoso
que vence al más poderoso.

57

En una caja redonda
con las agujas estoy
para hilar el tiempo a hora.
Ni hilo ni costurero soy.

58

Soy quien dicen que tú eres.
Y cuando alguien me hace sonar,
tú atiendes.

59

Siempre ando en cuatro patas
porque no sé caminar.
Y me ponen si me cambian
el mantel y nada más.

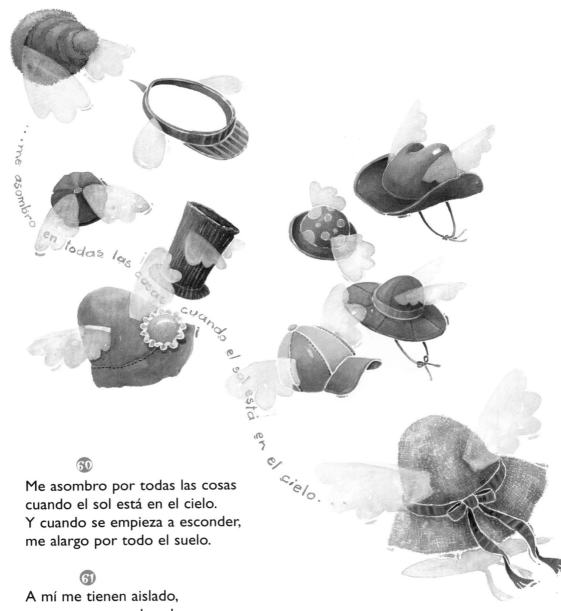

 ...me asombro en todas las cosas cuando el sol está en el cielo...

60

Me asombro por todas las cosas
cuando el sol está en el cielo.
Y cuando se empieza a esconder,
me alargo por todo el suelo.

61

A mí me tienen aislado,
a veces voy por el suelo.
A pesar de ser callado
si se descuidan, pateo.

62

Si tienes mucha paciencia
me podrás poner de pie.
Es tan clara la propuesta
Que incluye más de un pastel.
¿Qué es?

ADIVINANZAS DE TODAS LAS COSAS CON LA PALABRA ESCONDIDA

63

Si Martí lloró su amor
en unos versos sentidos.
¿Qué herramienta es la que usó
para clavar su martirio?

64

Allá, vestidas con nada,
tengan que entrar o salir,
guardan, muy bien colgadas
las técnicas para abrir.

Elefantas más miedosas
no he visto en toda la selva.
Cuando ven lo que les dije
corren como una gacela.

Con aliño, quisquilloso,
y el billete bajo el plato,
busca qué comió gustoso
con mucha salsa, hace un rato.

Yo partí con muchas dudas
de quedarme congelado.
Ya te dije a dónde iba.
¡Qué lugar inexplorado!

–Sí, es cal. Era cal blanca,
–la puedes pintar igual–
¿Qué cosa dijo que pintes
para que puedas trepar?

69

Le dije a mi amiga pintora:
"Hacele, Stella, ese cuadro
con el suave color de la aurora".
¿Sabes de qué color hablo?

70

El bote a remo, la chacra,
mi niñez de pescador.
¿Y qué verdura plantaba
en los surcos, bajo el sol?

71

Mónica, mi santa hija,
me alcanzó sin protestar
la prenda que en este texto
con lupa habrás de buscar.

...mi niñez de pescador...

El puerco espín zamarrea y clava
una espina contra mí.
Me la quita una herramienta
que leíste por ahí.

No vi, Ernesto, en la lista,
que te hayas anotado.
Pues lee aquí, entre líneas,
el día que te he citado.

¿QUÉ OFICIOS SE ESCONDEN EN ESTAS PALABRAS?

74

José doma, dormido,
un potro de este corral.
Si se despierta y lo vence
¿cómo lo vas a llamar?

75

Tala un tero en el bar,
bar en que tala un tero,
tero que en el bar tala.
Y todo lo hace de cuero.

76

A la Meca se fue Nico
para arreglar un motor.
Unes nombre con destino
y sabrás su profesión.

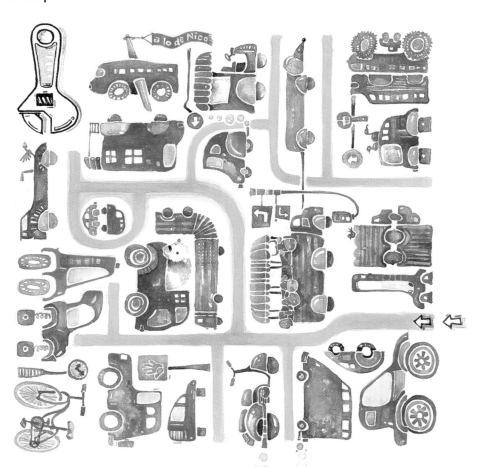

77

Como Carlos no estudiaba,
lo sentenció el profesor:
—Car, ni cero ya te sacas.
Car ¿a qué se dedicó?

78

¡Epa!, ya soy más grande
y me puedo disfrazar,
con bonete y nariz roja.
Ya sabés... ¿me adivinás?

Los coloquios que Romualdo
sostuvo con su señora,
en conclusión, lo llevaron
a trabajar, ¿de qué cosa?

Con temple Ada logró
ascender un puesto más.
¿Qué puesto es el que dejó?

ADIVINANZAS CON LA FRASE ESCONDIDA

En el bar colmado al tope
se empezaron a marear.
¿En dónde estaba situado
con tanta gente de mar?

El sur comenzó a ser bueno
cuando los gauchos de ayer
lo sembraron con semillas.
¿En qué lugar? ¿Lo sabés?

No escala la montaña.
Tampoco escala musical.
¿Sabes qué otra cosa escala
en el jardín de mamá?

El martes por la mañana
todos fueron a nadar.
Quisiera saber a dónde.
¿Tú me puedes ayudar?

35

Él apostó la vida
a la palabra de Dios,
doce veces, doce insignias,
para el mundo del Señor.

36

"Manolo ven, deja el balero.
No lo trates de comprar".
¿Qué leyenda leyó Pedro
en un cartel del lugar?

37

Con el gol ganó fuerza.
Fue un partido muy intenso.
¿Podrás decirnos quién es
la que faltó a ese evento?

Instalamos casi todas
las trampas que hay que instalar.
Pero zumba que te zumba,
¿quién nos viene a molestar?

Así, con sal, sazonados,
me gustan los tallarines.
A la hora de servirlos,
¿con qué los voy a bañar?

Ella lava si Jacinta
la ayuda para enjuagar.
Como es muy delicada,
¿qué cosa lavará?

Aldo, mi noble amigo,
me dijo: "Ven a jugar."
Yo no sabía a qué juego.
¿Tú me puedes ayudar?

El autor Oto Fernández
no fue a la presentación
de su libro sobre monos.
¿Qué lo retuvo al señor?

Mi Paloma bella vio
a Danielita jugar.
¿Quién más la observó
escondida en el lugar?

El subteniente bajó
los escalones de a tres,
pero igual no lo alcanzó.
¿Qué es?

Negrito fue goleador
y explotó la popular.
¿Pero qué fue lo que gritó
que huyeron de ese lugar?

Permiso para rallar
el queso, solicité;
el sabor quise cambiar,
de qué comida, ¿sabés?

Porque habían salido falladas
en la mar molerían las piedras.
¿Dónde fueron fabricadas
tan pulidas, tan inmensas?

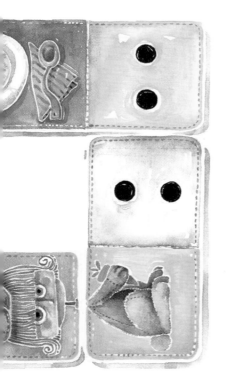

RESPUESTAS DE ADIVINANZAS

1 Mandarina
2 Naranja
3 Quinoto
4 Damasco
5 Níspero
6 Banana
7 Tortuga
8 Garza
9 Yacaré
10 Jabalí
11 Elefanta
12 Ratón
13 León
14 Paloma
15 Caracol
16 Tigre
17 Abeja
18 Caballo

19 La "O"
20 La "H"
21 La "J"
22 La "K"
23 La "S"
24 La "V"
25 La "Y"
26 La "M"
27 La "U"
28 La "I"
29 La "N"
30 La "A"
31 La "L"
32 La "C"
33 La "T"
34 La "D"

35 Elena
36 Soledad
37 Jesús
38 Martín

39 El N° 2
40 El N° 0
41 El N° 234

42 El Beso
43 La Luz
44 La Sonrisa
45 La Bruja
46 La Pregunta
47 El Peine
48 La Media
49 El Arco Iris
50 El Papel
51 Los Polos
52 El Choclo
53 El Humo
54 La Vela
55 La Lengua
56 El Sueño
57 El Reloj
58 El nombre
59 La Mesa
60 La Sombra
61 El Cable
62 El Huevo

63 Martillo
64 Llaves
65 Fantasmas
66 Ñoquis
67 Ártico

68 Escalera
69 Celeste
70 Remolacha
71 Camisa
72 Pinza
73 Viernes

74 El Domador
75 El Talabartero
76 El Mecánico
77 Carnicero
78 Payaso
79 Quiosquero
80 Empleada

81 En el barco
82 El Surco
83 Es Cala
84 El Mar
85 El Apóstol
86 No lo vende
87 Olga no fue
88 La Mosca
89 Con Salsa
90 La Vasija
91 Al Domino
92 El auto roto
93 Mabel la vio
94 El Subte
95 Gritó ¡Fuego!
96 Mi sopa
97 En la marmolería